청어詩人選 182

그대
마음의 소리

박혜선 시집

우리들이 살아가는 소소한 이야기를 함께 나눠 보아요
한 잔의 차를 준비하고 당신을 초대합니다
자, 어서들 오세요

청어

그대
마음의 소리

박
혜
선

시
집

우리들이 살아가는 소소한 이야기를 함께 나눠 보아요
한 잔의 차를 준비하고 당신을 초대합니다
자, 어서들 오세요

여는 글

　어김없이 새 계절이 다가오면 입었던 옷가지를 정리하고 꺼내 입을 옷들로 칸칸의 서랍을 채워갑니다. 그러다 문득 게을러 묵혀 놓았던 글들이 뿌연 먼지에 뒤엉켜 불쑥 불쑥 여기저기서 튀어나옴을 보게 됩니다. 나 여기 있다고 나 좀 어떻게 해 달라며.

　우리는 살아가면서 누군가의 사랑과 관심이 필요합니다. 하지만 살기 바쁘다는 변명 아닌 변명에 상처도 입고 때론 배반감과 소외됨에 외롭고 슬픈 감정도 느끼게 됩니다.

　매일같이 의미 없는 이야기들로 세상이 가득차고, 내일의 일, 아니 잠시 후의 일도 알지 못하는 삶의 덧없음 가운데서 늘 두렵고 피곤해집니다.

　그래도 마음이 따뜻해지고 우리를 감싸 줄 수 있는 뭔가가 있다면 그래서 눈물 흘리며 아물어지고 담담히 자신을 바라 볼 수 있다면 얼마나 다행일까 생각해봅니다.

　이 시집 한 권에는 여러 조각의 작지만 저의 마음이 담긴 시들이 담겨 있습니다. 부끄럽지만 감히 이들이 여러분의 작은 쓰라림과 아픔을 어루만져주고 보듬어 주기를 바래봅니다.

내 마음 같아 공감할 수 있고 받아들이기 쉬운 시를 쓰고 싶었습니다.
　복잡한 세상에 부디 이 얄팍한 한 권의 시집이 여러분의 마음에 정화와 평화를 심어 줄 수 있기를 희망합니다.

　우리들이 살아가는 소소한 이야기를 함께 나눠 보아요.
　한 잔의 차를 준비하고 당신을 초대합니다.
　자, 어서들 오세요.

단순한 삶을 꿈꾸며

시인 박혜선

차례

2부 사랑, 슬픔과 희망

3부 자연, 그 평안과 너그러움

1부

누구나의 인생, 그 길에서

물고기와 낚시꾼

물바람 이는 어느 멋진 날
가는 끈 언저리에 부풀대로 부푼 사심을 걸고
머리채를 끄덕여본다

아무래도 잘 될 것 같지만 방심할 순 없다
목 넘김 좋은 공기가 푸른 하늘을 쩍 갈라놓으면
머리카락 한 올의 미동도 반가와라

흔들흔들 좌불안석으로 눈가에 심지가 활활 타 오른다

물었다
뒤로 자빠진 몸
사발 엎은 배에 돌덩이를 달고 욕심을 낚아본다

미끈덩 자라 등딱지 같은 윤기를 눈앞에서 놓칠 수 없다
이미 틀린 몸
몇 번을 비틀다 먼 산 나뭇가지 틈 딱새를 보고 말았다
목에 조인 힘을 풀고 스르르 따라 나온다

가엾어라
허둥대는 반쯤 덮인 눈이
자지러지는 박수 소리에 빠꼼히 벌어진다
철퍼덕 뺨 때기 맞고 정신 줄을 놓는다

눈을 떠보니 찌그러진 물통 안이 그런대로 낯설지 않다
살맛이 안나니 물통 바닥에 그대로 주저앉는다

세운 비늘 눕히고 미동도 없이
잠시 수초(水草) 얽힌 정든 고향을 그린다
이렇게 가는구나

제대로 된 손맛에 들뜬 낚시꾼
덜컹덜컹 자갈길을 신나게 달려간다

물망초 꽃잎, 너

온종일 비가 내려
흩뿌려진 니 작은 애달픔은
여기저기 작은 별 꽃자수를 놓았구나

점점이 내려앉은 복숭아 빛 그리움은
내 모습 그대로를
기억해 달라고
이곳에 이렇게 온몸을 던졌는데

휭하니 스치며 멀어지는 내 사랑에
아쉬운 눈물 머금은 가냘픈 애원

한 바람에 쓸려가도
잊지 마세요
나를 잊지 마세요

까치와 고양이

깍깍 나 잡아봐라
야옹 너 잡아먹겠다

나무꼭대기로 날아 앉은 까치
나뭇가지로 뛰어 오른 고양이

아차하면 하늘위로 날아올라야지
깍깍
이번엔 가만두지 않을 거야
야옹

새 날

그 날이 오고 있다
구름에 달 걸려
흐느적 흐느적
춤 출 날이

어릿광대 피리 불며
배시시 흥겨울 날

이제 숲속에
새소리 빛 소리 같고

들길 나선 꽃들
한바탕 부산 할 날

쌓인 먼지
대뜸 물려내고
새 달의 첫 날처럼
대놓고 설레고

화사한 분칠하고
희망을 만나러 나선 길

첫 페이지의 머릿말이 되어
이제 숭고히 맞으리

하늘아래 펄럭이는 새 날

회전문

빙그르르
나는 안으로

빙그르르
너는 밖으로

빙그르르
밖으로
안으로

빙글빙글
이렇게
늘
이렇게

돌고 도는
회전문

너가 나여서
내가 너여서

함께 엮인
돌고 도는 삶

돌고 도는 인생

별똥별

깜짝 놀라
동그래진 커다란 두 눈
갑자기 마주한
어제 같지 않은 지금

나는 보았네
어둠속에 열려진
금빛꼬리의 유혹을

신비한 흔적 남기며
부산하게 사라지는
반가운 손님

얼른 소원을 빌었네
널 만나면 그려볼
마음속의 주문을

Deal or No deal

머리에선 자꾸
이래라 저래라
명령을 해도
마음이 따르지 못하면
그럴 수 없다네

마음 가는대로 행함이
제 운명이고 제 갈길 이거늘

이러지도 저러지도 못하며
아무길이나 두리번 거리네

머리와 맘이 따로 노니
그래서 번민하고 슬픈 것이
우리네 인생이라네

겨울 출근길

하나, 둘
텅 빈 거리에
한 순간 와스스
몰려오는 사람들

이 곳 저 곳에서
잰 걸음
혹은
더딘 걸음으로
모여드는 사람들

하늘을 지붕 삼아
땅바닥에 안주한 시선들

아침 찬바람 할퀴며
묵묵히 수행하는
삶의 질긴 의례들

그들의 입가마다
하얀 연기가 피어난다

훅 훅
숨 가쁜
심장을 열어 제쳐

내일의 오늘이
주저리 주저리 열린다

반딧불과 아기

어둔 숲
등에 업힌 아기 눈에
살랑살랑 떠다니는
신비스런 방울

잡으려 손 내밀면
파르르 저만치
나풀나풀 하는데

뭐가 그리 부끄러워
살포시 날아가니

어디든 가는 건
네 마음이지만

자꾸만 널 찾게 되는 건
네가 부럽고 신기해서 일걸

반딧불의 총총한 너풀거림에
아기는 어느새
고운 잠이 든다

일상

너 왔니
오랜만이다

바쁘니

언제
밥 한번 먹자

?

!

키보드

내 작은 태블릿에
작은 날개를 달아
강한 자석으로
철커덕 합체를 하니

누를 때마다
쫀득쫀득 튕겨 오르는
찰떡같은 감촉이

어릴 적 갖고 놀던
탱탱볼 같더라
물위에 둥둥 뜬
아기 오리 같더라

그 설레임으로
탁 탁 탁
마음을 새겨간다

안녕

걷다가 만나는 그대여
안녕
눈앞을 어지르는 날벌레여
안녕
햇살아래 모자 쓴 패랭이여
안녕

너무 편해서
그저 내 몸 같아서
인사를 건너 뛴 모든 것들이여

오늘은 반갑게
안녕
안녕

실수

누구나 그럴 수 있어
미안해 하지마
걱정도 하지마
죽는 일도 아닌데
그만 잊어버리자

감사합니다

별 말이 아니고
입 열면
쉽게
감사합니다

느낀 대로
마음 가면
감사합니다

이 말이
그렇게
어려울까

짧고도 쉬운 말
기분 좋아지는 말

감사합니다

성취

마침
눈앞의 일상을
바꿔 보려한다

늘 그리던
옥빛 바다 물결 출렁이는
새하얀 새 훨훨 나는
탁 트인 풍경으로
완성하려한다

이 자리 여기에 서서
물러간 날을 지려 밟고
벅찬 결실을 마중 한다

생각한대로 와줘서
정말 기쁘다

상상한대로 열어줘서
정말 고맙다

내 앞의 모습들이
이렇게 저렇게
노래를 한다

뱅뱅뱅 춤을 춘다

여행가는 길

쥐꼬리만큼의
가느다란 잠으로
밤새 이불을 설쳐대고
흰 새벽 야윈 모습으로
재빨리 문 밖을 나선다

작은 몸뚱이에 매달려
경쾌하게 들썩이는
알록달록 꽃무늬 배낭

아침 찬 기운 내려앉은
오래된 기차역에
빡빡한 눈꺼풀 비비며
웃으며 기대 서 있는
하나의 사람이 아름답다

오늘은 어디로
그 누굴 만나러 가는지
데리고 온 설레임에
마음은 이미
낯선 문턱을 넘는다

좋다 좋다 다 좋다

이래서 좋고

저래서 좋고

아무래도 좋다

그냥 모두 좋다

그냥 좋으니 다 좋다

늙음을 위하여

생각이 나질 않는다
날 듯 말 듯 애가 탄다
미심쩍은 마음 답답해서
눈살이 찌그러진다
기억이 저 편에서
재촉질을 해댄다
대뜸 다가와서
귓뜸을 해주면 좋으련만
그저 손가락질로 질책만 해댄다

흠칫흠칫 겨우 생각나
입을 열라하면
대화는 이미 저만큼 앞서 가 있고
기억의 노력은 더 이상 소용이 없다

얄궂다
등신 머저리

그러려니 해야지
어쩔 수 없다면

노력해도 안 된다면
익숙해져야지

외롭지 않은 늙음을 위하여

고마워, 시(時)야

나는 아무것도 아닌
나

아무도 모르게
조용히 살아가는
나

아무도 내게
관심주지 않지만

노래를 짓고
시를 부르면
꺼내든 마음으로
모두가 친구다

사람들은 미소 짓고
행복이 굴러들어 온다

이럴 때 소박한 행복으로
비로소 나를 만나고
비로소 나를 찾는다

고마워 시야
고마워 노래야

노안(老眼)

눈앞의 케이크가 희미하다
몇 번 눈을 비벼본다
눈살을 찡그려 초점도 맞춰본다
아무래도 또렷하지 않다
예쁜 너를 가까이 볼 수 없어 안타깝다

세월에 얹혀 가는 퇴색된 청춘이 아쉽다

다가갈수록
사랑할수록
너는 뒤로 숨는다
덧없는 세월이 그 자리를 치고 앉는다
돋보기 코에 걸치고 니 모습을 훑는다
그래도 볼 수 있음에 감사를 드린다

존재감

움직임이 좋다
뭐든지 움직거려서
이리로 왔다
저리로 헤쳐가도
느낄 수 있는
바람이 있어 행복하다

무풍의 어둠속에
홀로 남겨지느니
움직임의 어울림과
부대끼고 치닥거리는
분주함이 행복하다

모든 날이 살아 있어서 좋다

나는 꽃이다

이 세상 동토 밑바닥
겹겹이 뿌리 내려 뭉그러진 알맹이
수많은 계절들을 넘고 넘어
참고 또 참아
하늘 한번 만나는 게
이토록 간절한데

실수로 흩뿌린
물 한모금도 헛되지 않게
모으고 또 모아

구름사이 촌음의 햇살도
숨구멍 너머로 받고 또 받아서

자 이제 보아라
나의 모습을
아픔의 색채가 영롱한 빛깔로 승화된

자 이제 숨 쉬어라
나의 향기로
고통의 결정체가 황홀한 영혼을 깨우는

나의 찬란함
순간의 머무름이 아쉬워
영원함으로 기억되는

아, 나는 꽃이다

나는 아직 꿈이 없습니다

나는 아직 꿈이 없습니다
그래서
꿈을
꿀 수 있어 좋고
꿈을 가질 수 있기에
행복하고

또
바라 볼 수 있기에
감사합니다

다만
그 꿈이 무서운 꿈이 아니길
두렵고 슬픈 꿈이 아니길 기원합니다

꿈을 꾼다는 것만으로도
설레임으로 물든
사춘기 소녀마냥 행복합니다

내가 꿈꾸는 모든 날의 꿈
꿈
영원히 꿈을 못 찾아도
꿈을 이루지 못해도
괜찮습니다

조바심 내며
울지 않겠습니다

살아온 나날들이
먼 훗날에 뒤돌아 볼
아름다운 꿈들이었기에

기특한 주책

이 나이에
국밥 아닌 스파게티 먹고

한 손엔 핸드폰
한 손엔 커피 들고

참 곱게도 산다
젊게 살려 애 쓴다

롱부츠에
뾰족구두는 웬 말

힘든 거 마다않고
귀찮은 거 내색 없이
참 주책이다

그래도
참 기특하다

여러 가지 한다

여기에서 저기에서
가지가지 한다

이 편에서 저 편에서
이러쿵저러쿵

낮이나 밤이나
쑥덕쑥덕

천태만상
한 세상
참
여러 가지들 한다

어찌하려구

너 때문에 미안해

구경할 것도 많은데
사야할 것도 많은데

그저 곁에서
입 내밀고
지루한 듯
언짢은 무표정

그냥 저기 앉아있던지
아님 따라오지 말든지
도로 집에 가던지

알량한 배려로
그저 곁만 맴도네

내가 미안하잖아
맘이 불편하잖아

너 때문에 미안해

기분전환

아침부터
뭔가 잘 맞지 않아서
하는 일이
자꾸 꼬여서
앞이 보이지 않고
인생이 힘들어질 때

창문너머 먼 산 보지 말고
문 밖서 서성대지 말고
허공만 올려 보지 말고
한숨 쉬며 걷지 말고

그대로 걸어서
그대로 달려가서
따듯한 커피 한 잔
마시러 가자

그윽한 향기 들이켜 마시니
걱정이 느슨해지고
모든 게 별거 아니구나
내 팔자려니
웃어 넘겨 버리자

사람을 찾습니다

기대하지 않은 친절과 베풂이
작은 노력에도 감동 받는 매너가

엄지척 칭찬과 따뜻한 격려를 아는
늘 그대로의 성실한 모습을 가지고

진지한 걱정과 진실한 대답을 주는
대가없이 응해주는 착한 마음씨

오래 돼도 신선한 태도를 지닌
언제나 학처럼 품위 있는

이런 사람 본 적 있나요

살맛나게 해 줄 사람을요

인간세상

인간이라서 인간이 좋고
인간이라서 인간이 싫다

동물원의 호랑이가 두렵지 않고
늘 멋져 보이는 건
그가
동물이기 때문이다

눈에 스치는 꽃들이 아름다운 건
그들이 식물이기 때문이다

눈앞의 사람들이
밉기도 예쁘기도 하는 건

그들이 나와 같은
인간이기 때문이다

인간이라서
사람이 좋기도 싫기도 한다

늘 같지 않다
동물만큼 식물만큼

기분 좋은 소리

치치치치
짹짹짹짹
뽀오롱 삐삐오로롱
촬촬촬촬
쉬… 샤아
사사스… 웃

잡다하게 들려도
기분 망치지 않는 소리

하늘아래 흩어지는
본능의 소리

이 소리

자연이 만들어
지극히 자연스런 소리들

착하고 순박하여
해칠 것 없이
귀에 스르르 담기는
편안한 소리

아, 기분 좋은 소리

생각의 정리

그때그때
적어놓지 않으면

자꾸 잊어먹어서
생각이 나질 않아

휴대폰에 차곡히
메모지에 빼곡히
앉혀놓고 재워둔다

생각의 정리에
곱지도 않을 분칠을 하니

생긴 대로 너답다
너다워서 정겹다

내 생각이다

나의 노래

내 마음이 들어있는
나의 시

내 목소리 구름 따라 흐르는
나만의 시

내 모습이 들어있고
내 생각이 들어있는

내가 그리는 감정으로
나를 볼 수 있는 시

나만의 향기가 그윽한
너라면 이해할 수 없는
나만이 나를 맡을 수 있는

이 세상에서 가장 행복한 시

나의 노래
나의 인생

혼자만의 유희

그들이 떠난 후
날리는 먼지 몇 개와
두고 간 얘기 부스러기들이
사방에 흘려져있다

번잡했던 눈길이
쓸고 간 자리가
마냥 쓸쓸히다

퍼질러진 방석과
입술자국 번진 유리잔들

애써 분주히
뒷감당을 해대며
허무의 틈을 메우고
적막함을 떼운다

거머쥔 술잔이 비어갈 즈음
덩그마니 비쳐주는 햇살이
행여 유쾌해서
그런대로 마음이 누그러진다

보태도 소용없는
혼자만의 이 유희는
언제쯤 끝날까

지하 주차장

밤이건 낮이건
늘
미미한 불빛 아래

이제나 저제나
늘
기다리는 착한 충성

경적소리 싫다고
법석거리지도 말고
죽은 듯이 줄 맞춰
그대로 그렇게

삑삑
주인님의 경쾌한 호출에
선 잠 자고 일어나
길 나설 채비에
두 눈을 번쩍 거린다

신발

이 길 저 길 쏘다니며
만났던 수많은
어울림과 헤어짐들

고스란히 머금고
살뜰히 챙겨서
오늘도 바쁘다

걷는 만큼 뛰는 만큼
더해지고 보태지는
삶 덩어리의 두런거림

먼지에 비비고
땀에 절여져
또 다른
내일을 만난다

오늘도 수고 많이 했어

잠

내가 움직움직 할 때마다
방 안에 모든 것들이
숨죽여 기다리고 있다

나에게 순종하듯
잘 훈련된 애완견마냥
가만히 그대로 기다리고 있다

아무 일도 일어나지 않는다
시간만 제 갈 길을 갈 뿐

나를 기다리지 않는 건
오직 시간뿐이다

현실이 툭툭 노크하며
자꾸 일어나라
쉼 없이 깨워댄다

눈을 떠 본다
손발이 제자리에 붙어있다

택배기사가 열심히
현관 벨을 누르고 있다

고운 손

헝클어진
수많은 미움들이
바람에 처연히
동구르르 동구르르
아무데나 굴러 간다

잡으려 또 잡으려
고운 손이 나폴 댄다

그 누가 그랬을까

멋대로 마음대로
내동댕이쳐진 휴지들

고운 손이 간절히도
바빠진다

한동안
슬퍼진다

성찰

겨울바람처럼 차가와진
올 풀린 지난날의 조각들을
길바닥에 온전히
쏟아버리고

내일은
새날의 해돋이마냥
뭉클한 따스함을 안아
빈 마음 곁에
작은 화분 하나 들이고 싶다

아무도 모르게
조금씩 조금씩
빛을 발할 거라고
세상을 환하게 밝힐 거라고
아름다움으로 피어날 거라고

타인

잘 알지 못하는
낯설음 때문에
불편한 그대
편한 그대

달라서 호기심 갖고
매력적이지만
궁금함의 피곤함까지

어디서부터
시작할지
어느 끝에 다다를지

바쁘고
지치고

그냥
내 갈길
가련다

회상

아가는
작은 나여서
또 다른 내 모습이라

쑥쑥 자랄 작은 나
어른이 된 어릴 적 나

천진한 내 모습
아가모습 작은 나

신기한
나와 아가

2부

사랑, 슬픔과 희망

낮달

달, 저기 있네

달리는 차창 너머로
달, 저기 있네

아침햇살 받고 눈부시게
달, 저기 있네

밤새 못 이룬 사랑에
허기진 몸 불사르고
달, 저기 있네

하얀 껍데기만 남아
달, 저기 있네

칼국수 연정(戀情)

시원하고 구수하니
진한 멸치 국물에
흰 국수사리를
곱게 모아 올리고
연푸른 애호박채랑
흑빛 김 가루를
비벼서 부셔 넣고
휘~이 저어
한 젓가락 뜨면
얼굴엔 미소가득

칼국수 내 사랑

관점의 물리학

난 니가 좋아
귓 속에 깨알점 있는
니가 좋아

답답해 보여도
감춘 듯 신비스런
모자 쓴 니 모습이
참 사랑스러워

때론 드라마 보며
눈물 흘리는 니가

새하얀 햇빛 아래
맑게 빛나는 니가

한없이 좋아
어설퍼서 좋아

카스텔라처럼 포근한 널
언제까지 바라 볼 거야
아주 많이 사랑할거야

나만의 관점에서
넌 완벽하니까
어쩜 내겐 최고니까

온전한 사랑

애써 붙잡지 않아도
그냥 놓아버리고
유유히 흘러간다

흐르는 강물처럼
우리의 인생처럼
너를 이해하지 못해도
사랑이듯 흘러간다

안타까워 손 갈퀴에 움켜보지만
발길 닿는 곳으로
어디든지 빠져 나간다

제 마음대로 내버려두자
다 이해하려 하지말자

전부 이해할 수 없어도
온전히 사랑할 수 있듯이

귀가

아가야 어서 오거라

집으로 돌아오는 길은
아주 멀지 않단다
어렵지도 않단다

엄마가 뿌려놓은 사랑
한 입 한 입 주워 먹으며
경쾌히 밟고 오너라

어서 오거라

어둠이 몰려오기 전
멀지도 어렵지도 않은 길
부리나케 서둘러 오거라

언제나 아무 때나
늘 반겨주는 곳으로

아가야

훠이훠이 얼른 오거라

그냥 살아요

난 그냥 살아요
그냥 살아요

어떻게 사냐구
자꾸 물어보지 마세요
이젠
답하기도 곤란해요

그래도 또
대답을 원하신다면

조용한 구석을 찾아
일상을 흘려보내며

동물의 왕국을 보고
여행방송을 보며
그냥 살아요

심심함을 사랑하고
배고프면 밥 먹고
그냥 살지요

이 모든 게
포근하고 홀가분해서
그냥 살아요

민폐가 아니라면
날 이대로 놔 주세요
그냥 살고 싶어요

풋사랑

숨소리조차
가만 가만히
먼지 한 톨 날리지 말고
그대로 조용히

펄럭이는 가슴 안고
다가오는 그윽한 눈망울
니 눈에 가득 찬
떨리는 행복

세상이 포근해진다
짜릿한 전율이
목덜미로 흐른다
하나도 싫지가 않다

너울거리는 온 몸이
스르르 풀어지고
데워진 눈물이
고운 사랑 위로
빗물처럼 흐른다

소중한 사람

흰 눈 보면 생각나는 사람
커피 마시면 그리운 사람
길 걷다가 떠오르는 사람

아껴서 조금씩 생각하고
잘게잘게 쪼개어 생각하고
곱씹고 되씹어 생각하는 사람

닳을까봐
옅어질까봐
가만가만 생각하네

달아날까봐 사라질까봐
두 손에 꼭 쥐고 생각하는 사람

종이 같은 사랑

그림 같은 사람
한 점 머물러
바라만 보는 사람

잡을 수 없어
더 아쉬운 사람

사랑 한 개 못하고
그대로 지켜만 보는
비둘기 눈물 같은 사랑

나를 쉽게 찾는 법

나를 만나고 싶다면
내가 보고 싶다면

애써 여러 곳 찾아다니지 말고
복잡하게 생각하지 말고

당신 곁
그 둘레 즈음에

초록이 물든
그 어떤 곳이라면

바로 그 땅바닥을 보세요
내가 거기에 웅크리고 있답니다

풀숲 사이사이 가르며
숨어있는 네 잎 크로버를 따며
환호를 지르고 있을 걸요

인연(因緣)

보이지 아니하매
못 본걸 탓하고

스치지 못하였으매
그 어리석음을 탓하니

보였어도 안 보았으니
스쳤어도 알지 못했으니

그건 인연이 아니었음을
내 사람이 아니었음을

나를 떠난 그것임에
내가 떠난 그것임에
내 차지가 아니었음을

만남

떠날 때는 훌쩍 떠나
흔적만 남기고

남을 때는 나무처럼
그 자리에 머문다

그리움이 어느덧 자라
또다시
어엿한 잎이 돋고

아쉽게 떠나가고
설레어 맞이하고

늘 그러하듯
쓸쓸함을 묻는다

늘 그러하듯
새날을 맞는다

조심하세요

조심하세요
용광로 같은 여자예요

언제 당신한테
열정으로 필지 몰라요
데이게 할지도 몰라요
돌아선 차가운 마음에
화화산이 될지 몰라요

조심하세요

그런 여자니까요

그냥 생각이 나서

그냥 생각이 난다
그래서 생각 한다

낯설지 않은 봄바람에
낯익은 니 목소리 굴러 간다

그냥 생각이 난다
그래서 불러본다

지금 뭐하고 있니

그냥 생각이 나서

요즘 우린

요즘 우린
그렇지 않아

맞잡은 손
닿는 데 없고

딴 데로 하늘 보고
그대로 핸드폰만 만지고

우리는
혼자라서
아쉽고
편안하다

고백

불현듯 맞닥뜨린
미지의 고백에
줄행랑을 쳐서
우리 집
초록 문을 쾅쾅 치고
죽기 살기로
"엄마"를 불렀지

"나랑 사귈래?"

발그스레 상기 된 얼굴을
들키기 싫어서

너에게 주는 말

이제 그만 닦달하고
이제 그만 걱정하고
이제 그만 질투하고

더 이상 피해주지 말고
더 이상 상처주지 말고

벌거벗은 몸뚱이로
머릿속 하얀 냇물에 헹궈

착하게 살고
처음의 나로 돌아가라고

척척 쌓여진 욕망을 벗으면
잃을 것도 없으니

구태여 지킬 것도 없으니
세상이 그저 평화롭다

모정

소포상자
사랑 묻혀
그리움 버무려
아들에게 보내는
설레는 어미 마음

바람에 실은 정
잘 받고 기뻐할 때
엉킨 정 뭉클함이
엄마 사랑이려니

미련

빛나던 불똥이 튀어 오른 건
꼬리연처럼 파르르 사라진 건
그 찰나
어쩌면 미련이 불타 버렸다

버리고 싶었지만
매어 두고도 싶었는데
까마득히 멀리 날이가 비렸다

아 시원하다

아 아쉽다

별리(別離)

들리나요?

제 목소리가 들리나요?

한 번 떠난
한 번 나간

그 심장

아무것도

아무래도

들을 수가 없네요

이상한 나라의 앨리스에게

그대여
내게 오라

꽃 물든 가슴
한껏 젖히고

풋 내음
주저리 달고

그대로 날아오라

다람쥐가 두고 간
여물은 애기 깍지를

수풀 사이 감춰둔
보물 같은 시간들을

내,
차마 꺼내지 않은
덥석 문
사과 한 입

이제나 저제나
하늘 언저리에
던져 놓았더랬지

날은 어둑해지고
길은 만 갈래인데

그대여
이젠 오라

한 바람 잦아들었으니
그대로 달려오라

가물가물 남은 속살
감추듯 내게 오라

너를 좋아하는 이유

화려하지 않아
꾸미고 싶은 너

가진 거 없어
주고 싶은 너

무뚝뚝해서
말 걸고 싶어지는 너

신경 안 쓴 머리
쓰담쓰담 해주고 싶어서

책만 보는 그대에게
노래 불러주고 싶어서

난 이유 없이 바쁜데
넌 늘 느긋해서

그래서
너를 좋아해

나의 건너편에 있는 너

바라 볼 수 있어서

이게 이유야
스마일

햇살 가득한 날에는

햇살가득 쏟아지는 날에는
그리운 사람을 노래 부르자
사랑하는 이름을 불러보자

저 길가 모퉁이 어딘가에
그 님의 모습이 숨어있을까
환한 웃음이 들릴듯한데

상큼한 머리칼 한줌 쓸어 올리며
양손을 벌려 뛰어 오리라

님이 오지 않아도 좋을 하루
님이 보이지 않아도 괜찮을 하루

우린 어디서든 만날 수 있고
만나지 못해도 느낄 수 있는

빛처럼 따스하고
웃음처럼 행복한
우리들 사이

햇살가득 쏟아지는 날에는
맘 가는대로 행복해하자

너

난 앞을 보고 서 있었네
걸려있는 그림 속에
불현듯 비춰지는
검은 그림자

나보담 높은 키에
다행히 내 몸 위로
가려지지 않는 얼굴은

그윽한 두 눈으로
나의 뒤태를
다정히 감싸 안고
시간을 안심시켜
안식을 선물하는 너

그대로 머물러 주길
사라지지 말기를
오늘도 내일도
영원히 내 곁에

잔정

어둔 밤 내리는 폭우에
스러질까 버티느라
떨리고 흔들리는
가녀린 꽃줄기

연보랏빛 얇은 꽃잎
쉴 새 없는 고통에
줄줄줄 흘리는 눈물
빗물이라 위로하며

밤잠 설치며
몇 번을 내다보고
누워도 오지 않는 잠에
노란색 우산 하나 받쳐주니

세상이 이토록 고요해져
꽃도 잠이 들고
나도 이제야
새벽잠을 부탁 한다

고운님 떠나실 제

가을이 고운 잎 띄기도 전
하룻밤만 자면
오색실 산마다 밝힐
새콤한 가을이 오는데

여름내 영글은
맛있는 가을이 오는데

엷은 미소 던져놓고
곱게 흘려 놓은 치맛자락

어딜 그리 바빠서
그토록 황급히
떠나셨나요
그 누구를 만나러

하룻밤 새
오색지천이 된
가을을 대신 남겨놓고

하늘 되고 가람 된
고운사람 가엾은 사람
덧이 없어라
덧이 없어라

처연(凄然)

육덕진 몸매에
가냘픈 목소리로

나를 부른다
나를 애타게 애원한다

저리도 서럽도록
눈물을 흘린다

나를 들을 수 있는가

머리채를 흔들며 호소한다

바람마저 잠잠히
애통함을 묻어버리는구나

부정(夫情)

오늘
누군가의 아버지를 보았다

딸의 아이를 쓰다듬고 있는
단추자락을 끼우려 애쓰던
떨리는 손을

그 사람의 아버지
내 아버지의 모습이었다

바람이 되어
쳐진 내 어깨를 감싸주신
내 아버지의 손길이었다

안쓰러워 자꾸 다독이시는
내 아버지의 얼굴이었다

절여진 눈물이
몹시도 따끔거렸다

사랑은 시험 중

그대의 사랑이
의심스럽다면

한 번 쯤 살며시
시험해 보세요

눈을 찡긋
코를 훌쩍
손가락은 살짝
머리칼을 쓸어 올리고

그래도 당신의 손을
꼭 잡고 있다면

어깨를 감싸고
꽉 안아 준다면

그건 당신을
정말로 사랑하는 거래요

장난스런 그대여
사랑은 시험 중

자존심

말을 아꼈다
쉽게 보이기 싫어서

흐릿한 미소만 보냈다
행여 내 마음 들킬까

한 가득한 사랑이
저만큼 앞섰지만

풀잎이 바람에 제 몸 낮추듯
마음을 가다듬어 사랑 한다

허겁지겁 달아날까
조용히 사랑 한다

사랑은 감기

사랑은 감기 같다

때 되면 걸리고

앓다 보면 떠나가고

잊을만하면 또 찾아와서

밤새 폭열을 올려놓곤

사라져 갈 땐

이만큼 성숙해져있다

사과(謝過)

아름다운 순한 마음에
눈물 흘리게 해서 미안해

이제야 그 맘 헤아리니
나 이제야 사과를 하려해

세월에 물들고 닳아서
한 꿋 올라서 바라 본
시간의 무더기

무엇이 귀한 건지
금 같은 것들

무엇을 잃었는지
어긋난 마음들

시간이 흐른 후라도 좋으니
나 이제 사과하려해

나 이제 먼 걸음 달려와서
뒤돌아보며
미안한 미소를 띄워 보낸다

그토록 간절했던 흰 마음에
고개를 끄덕이며
마주 손잡고

고마웠다고
행복하라고

그리고

끝으로
미안했다고

상상데이트

헝클어진 머리
대충대충 묶은
그녀가 아름다워
안 보는 듯 힐끔힐끔
멀리서 쳐다보네

어쩌다 지나가는
중년아저씨 몸채에 가려
우아한 그녀모습
안타깝게 가려져도

둘이 손잡고
햇살 밑을 거닐며
노래하고 웃음짓네

손톱만한 벚꽃 잎이
하늘하늘 휘날리는
아름다운 봄날에

3부

자연, 그 평안과 너그러움

봄과 여름

봄
너를 다시 봄
봄
나를 다시 봄
봄과 봄
그리고
너 와 나

여름
문을 여름
여름
세상을 여름
너 와 나
마음을 여름

딱새

누굴 보러 왔는지
잿빛하늘 날아
이 곳 까지

그리움에 몸 닳아서
반쪽 달 기우는 날

어둠에 묻어서
나를 찾아 온 거니

쪼그린 몸
휘어진 가지위에
따다닥
사랑의 징표 남겨놓고

먼동이 틀 무렵
새벽 찬 공기 속을
무심히 날아가네

별과 나

하도 까매서
아무것도 볼 수 없는데
가만히 보니
구릿빛 쪼그만 사탕이
콕콕 박혀있네

행여
머리위에 쏟아질까
갑자기
집안 뜰에 떨어질까

부리나케 이리저리
소쿠리를 찾아보네

봄비

밤새
보슬보슬
봄비가 내려와
부드럽고 폭신한
솜이불 깔았네

간질간질 꿈틀 꿈틀
아기 새싹 쏘옥
봄이 왔네
생명의 봄이 왔네

거창하지 않은 행복

너무 오래되고 낡아서
갖다 버렸다
던져 버렸다

지겨워서 싫증나서
눈 감아버렸다
내다 버렸다

함께하지 않을 거면
진즉에 버렸을 것을

버리고 나니
이리 후련한 것을

왜 그리 망설이며
어찌할 줄 몰랐을까

이제야 속 시원히
두 다리 뻗겠다

할미꽃

어제까진
그냥 꽃나무였는데

꽃이 피고 나니
오늘은
할미꽃이 되누나

좋아서 되고 싶어
할미꽃이 된 거 아니니

그저 조금만 시간 내어
한 번 더
조금 더

가까이
내 곁에 머물러주오

한 입 만큼의
따뜻한 시선으로
격앙된 낯빛에
잠시
기대어주오

숙성

썩은 지푸라기는
고통스런 악을 토해내며
아무도 모르게 삭혀
온 데 간 데 없고

타들어가는 아픔의 눈물에
그저 꺼먼 마스카라는
지워진 지 오래다

보이지 않는 인고(忍苦)의 축적에
마구 자만 할 때도

어느덧
빛나던 제 몸을 망친
단물의 서글픔에

스스로 놀라워
두 팔을 벌렸다

달팽이

우아한 님이
꽃잎과 이슬만 먹고 산다
가벼운 푸르름을 즐긴다

행동도 그에 못지않다
살며시 사르륵
비단길 지려 밟듯 곱게 기어간다

행여
눈길 마주치면
두 눈 쓰윽 내밀며
인사하듯 잠시 쉬어간다

그리곤 다시
아무 말 없이
제 갈 길을 간다

참
무심하다

속을 비워도
말갛게 비워냈다

이 소리 너무 좋지 않니

졸졸졸 계곡의 물소리
박혀진 돌에 앞 다퉈 부딪쳐
산산조각 흩어진 시원한 소리

언제 들어도 시끄럽지 않고
묵은 귓밥
말갛게 비워줄

가른 공기 메아리치는
이 소리

이 소리가 즐겁다
가슴을 씻어낸다

내일, 또 그 다음날 듣게 될
시끄런 세상의 슬픔 덩어리들
부드럽게 풀어줄

언제고 꺼내어 사랑 할 수 있는
언제고 꺼내어 편안 할 수 있는

이 자연의 소리들

되찾은 앞날

태양이 그리워서
밝은 햇살이 그리워서

무명천 블라인드 한 뼘
살며시 걷어 올리니

시린 겨울 잘 버텨 낸
갓 피어난 분홍빛 철쭉이
눈인사를 한다

보는 것마다 눈물이 되고
듣는 것마다 슬픔이 된 지금

위로하듯 빛을 뿜어
힘주어 활짝 핀 꽃들

누가 뭐라 하던 제 할 일 하며
올봄에도 어김없이 약속 지키는
참 고맙고 또 이쁘다

둘 곳 없이 바람 부는 마음 편에
곱게 심어
유난히도 꾹꾹 눌러
나를 지탱해주듯

무명천 블라인드에 가려졌던
나만의 아픔과 어려움들

그 어디에도 보이지 않았던
평평한 희망이

태연히도 벙글어진
기특한 정열로
어느덧
찾아오고 있었다

삼림욕

아주 멀리서 뭔가가 다가온다
살금살금 조용히
부드럽지만 강한
거부할 수 없는
이 꿀렁거림

화려한 색채를 흩뿌리며
점점 가까워질수록
온 몸이 물처럼 시원해진다

너무 가뿐하고 참을 수 없는
미세한 입자들의 향연에
두 눈을 하늘에 걸고
제대로 긴 한숨 한 번 내몰아쉰다

이 목 넘김 좋은 행복감에
감사를 드려도
턱 없이 모자란 마음 뿐

찌든 나를 보내고
기어이 순수한 너를 채운다

역동이 느껴지는가

한결 세상 즐거운 몸으로
돌아가는 발걸음마저
공 튀기듯 가볍다

눈(目)

눈
그 속에 옥빛 호수가 있고
맑은 눈 가진 사슴과
태양의 에너지와
아가의 포근함이 있어요

출렁이는 일곱 개의 보석이 빛나고
친절한 마음이 우유처럼 흘러내리죠

잊혀 지지 않는
까마득한 세월의 숭고함으로

여행을 떠나는
노인의 주름진 미소와 설레임에도

노란 수선화 한 송이가
참 순수하게 아름답습니다

세상을 향해 깜빡이는 지혜와
꼬마전구의 애타는 반짝임 또한
웃으며 우릴 불러요

눈
그 안의 모든 것들이
변치 않고 오래되기를
아무쪼록 눈감고 기원해 봅니다

꽃사랑

꽃이 지기 전
꽃이 내 곁을 떠나기 전
가슴에 얼른 심어둬야지
눈동자에 쏘옥 담아둬야지

그래서

두고두고 널 그리워해야지
남몰래 조금씩 사랑해야지
니가 다시 필 때까지
아끼고 아껴둬야지

수박

덥석 베어물면
단물이 주르륵
입에 맞네

한 입 두 입 먹다보니
니가 좋아 진다
빨갛게 상기된
수줍은 볼에
콕콕 박힌 익살스런 주근깨

낯설지 않은
니가 편하다

어느 날 너를 대접받고
한순간에 사랑을 하게 되고
애타는 갈증을 축인다

니가 그립고
뙤약볕에 목마르면
너를 다시 찾아오리다

그대로 그렇게

나무에게 미안한 짓을 했다
몹쓸 짓을 했다

제 갈길 가게 놔뒀어야했는데
제 뜻대로 살게 됐어야했는데

내 뜻대로 마구 잘라
내키는 대로 싹둑 잘라
나무를 힘들게 했다

제 모습을 잃어버리고
큰 재앙을 만난 듯
불쑥불쑥 들쭉날쭉
튀어나온 가지들
살려고 발버둥 치며
엉겨 붙은 나뭇잎들

묘하게 생겨 버렸다
세상이 이렇게 되어버렸다

나무는 자꾸 이상한 모양이 되어갔다
내키지 않았지만 멋대로 자라났다

가위질 당한 자리에
모양새가 이 꼴이 된 거지 말이다

다시는 그러지 말기로 한다
나만의 이기적인 마음으로
심기를 건드리지 않기로 한다

내가 나이듯
너가 너인 것처럼

친절한 어둠

한 점 티 없는
어둠보담
차라리
귀뚤이 우는 쑥덕거림이 낫다

농도 짙은 어둠속에
깨어있는 그들은

혹여
달래주고 위로해줄
그 무언가가 필요하다

한 점 티 없는 어둠보담
차라리
뒤척거리는 어둠이
그래도 사람답다

철마다 즐거움

봄은
깨어나 보는 봄이라
눈이 부셔 좋고

여름은
익은 바다 뜨거움이
가슴에 흘러내려 좋고

가을은
마음이 가을가을해서
그리움에 젖어 좋고

겨울은
따스한 전구 빛의
크리스마스트리가 있어 좋아요

철마다 다 좋은
매력이 철철 넘치는 사계절

고독한 고양이

고독한 고양이 한 마리
벽 틈에 앉아있다

움찍할 수 없는
좁은 공기를 마시며

낯선 듯 노려 보다
모든 게 귀찮은 듯

먼발치 뒤로 물러나
웅크려 몸을 말린다

달빛이 틈새에 박히면
갈갈갈 외로움을 마시고

내려 보는 별빛에
하소연을 늘어댄다

고독한 고양이 한 마리

아무 대답도 없는
막막한 밤 속을
거닐고 또 거닌다

봄을 봄

봄
봄을 본다
눈부신 봄을

그 누가
땅바닥 뒤흔들어
깨워 놓은 봄을

여기저기서 들썩들썩
풀물 곱게 피어오르고

웅크렸던 텃새들
입 벌리며 기웃거리는

웃음 터뜨린
아름다운 사람들

너두나두 손 붙들고
봄마중 간다

봄
봄을 본다
인생의 봄날을

고마워 가을

아, 가을인가

갓 빚은 푸른 새털 하늘
코끝에 어리는 서리내음

익어가는 가을을
꿀꺽 들이키고 싶어라
가을이고 싶어라

알몸뚱이 울긋불긋 적신
오롯이 낙엽이고 싶어라

아, 가을이여 내게 오라

가을이 툭 던져 준
농익은 낭만을
넙죽 받아먹는다

살맛이 나니
그렇게 좋아라한다

대견한 풀꽃

너무 쬐그매서

앗차 하면
밟을 뻔한

보도 위 틈새에
자리 튼 풀꽃

작고 여려도
있을 건 다 있다고

한 낮
가던 길 붙잡고
애틋한 눈짓을 하네

사려니 숲

아무것도 보이지 않는
아주 울창한 숲속에
사람하나 그려져있네

뾰족한 나뭇가지 틈새로
사람하나 숨어있네

빡빡한 숲속에
안겨버린 그 사람

깊고 푸른 안식이
내려앉고 스며들고

자욱한 신비의 안개
물길 따라 흐르고
아침 해 부스스 부서지면

그 숲속에
사람하나 서있네

멈추지 않는 순수가
땅이 되고 하늘 되고
머리칼에 젖어 든다

사람이 보인다
숲에 가려 졌던

숲도 보인다
사람이 기대 선

이제
다 보인다

어서와 가을

강아지가 물고 뜯은
빛바랜 검정 슬리퍼 위로
가을 햇살이 유난히 하얗다

아무렇게나 벗어던진 모양새가
어느 아녀자의
시골길 같은 인생일지라도

무심히 뒹굴다
거리낌 없이 들이대는
해맑은 가을

민망하도록 함박웃음 터지는
마시기 편한 공기와

이대로 눈감고
맛보고 싶을 바람이

지가 가을이라고
문지방에 속살거린다

내어 준 손등에
서슴없이 입맞춤 한다

번뜻번뜻
발을 쑤욱 내민다

어서 와 가을

꽃마중

튀우는 자리가 어뎠을까
피우는 자리가 어뎠을까

어디든 피면 다 예쁘고
온통 웃음천지인데

그래서 기쁨 주는 걸
그래서 살맛나는 걸

그냥 좋은 꽃

희망나무

나무에 귀가 달렸다네
중얼거리는 혼잣말을 듣고 있었다네
나의 고백을 들키고 말았다네

참 창피하지만
오히려 속이 시원해진다네
노란 손수건 나무라고
다행히도 소원을
잘 들어 준다네

거미는 물지 않는다

방구석에 몰래 숨어 있다가
잠든 틈을 타
조용히 방안을 기어 다니다

숨소리 거친
따뜻한 몸뚱이에 부딪혀
흠칫 놀라더니
곱게 먼발치로
사스스 빠져 나간다

아프지 않다
아무 흔적도 없다

옆에 있어도
모든 게 태연하다

오늘은

볼 것 안 보고
들을 것 안 듣고
말할 것 말하지 않고

눈 감고
귀 막고
입 막고

조용히

평화롭게

머리에
시원한 나무 한 그루
심겠다

존재

차가운 강물이 밤바람을 밀쳐버리고
때 아닌 별들은
저 편 풀 섶에 자리를 펴고 눕는다

한 망태기 시름을 잊어버리려
달빛에 길을 나선 외로운 과객은
한 줄기 찬미가를 목 놓아 부르고

어둠을 불사르는 배고픈 고양이
어슬렁거리며 빈 깡통을 태연히도 핥는다

눈 먼 새의 바스락거림
저리도 단단한 부리를 그어대며
적막한 숲에 일렁이는 존재들

볼 수 있었구나
들을 수도 있었구나
하물며 느낄 수도 있었구나

살아 있었네
멀쩡히 살아 있었네

혼자가 아니었구나

내가 가는 이 길

기다려야한다
서두르지 말자

넘어야할 산이
앞에 있다고
조급해하지 말자

천천히 숨 고르고
콧노래 흥얼대며
흐르듯 걸어가자

높은 산이 들판이 될 것처럼
성난 파도가 냇물이 될 것처럼

한 숨 몰아내고 뚜벅뚜벅 걷자

피하지 못 할 바에
차라리
콧노래 부르며
즐기듯 걸어가자

초승달

다리 없는 초승달이
둥둥 떠 있네
온종일 버티고 있네

얼마나 힘든지 아는 데도
어디
의자에 한 번 걸터앉지 못하고
속 빈 나그네처럼
빙그르르 웃고만 있네

그 누구의 사랑을
저토록 간구하느라
나지막이 고개 숙여
하염없이 응시하네

내 님이 바라볼 때까지
내 맘을 받아줄 때까지

다리 없는 초승달이
밤새워 내려다 보네

모성본능

가시잎 삐죽한
빨간 장미꽃 곁에
옹골차게 심어진
하얀 마가렛 꽃

나도 몰래 너도 몰래
뾰족한 장미가시를 피해

풀잎을 틔우고
꽃망울을 맺고

행여 사그라들까
피우지 못할까

내심 걱정하는
어미마음 어미 꽃

휠대로 휜 가지는
장미꽃을 돌고 틀어
힘들게도 제 몸으로
자식들을 보듬는다

그 지극스런 모습
우리들 엄니의 모습

가시잎 박힌
빨간 장미꽃 곁에
꿋꿋이 성스러운
하얀 마가렛 꽃
경이로워라

화중진담(花中眞談)

벗꽃 나무 그늘에 앉아
가만히 눈을 감네

너울너울 바람결에
사뿐사뿐 꽃비 내려와

나도 몰래 살며시 꽃이 되었네
나도 몰래 살며시 봄이 되었네

내가 그대이고
그대가 나인걸

나 그대에 취해
꽃이 되고
봄이 된 걸

예전엔 미처 몰랐었네

그대 나였음에
나 그대였음에

검은 돌멩이

만지작거리면
착 감기는 비단 같은 돌멩이

제주 서쪽 해변 가에
웅크려 숨죽이다

파도 따라 물새 따라
고운모래 살포시 쓰고

집도 없이 굴러가다
불현듯 내 발에 채여

사무실 책상위에
고스란히 올려놨다
번민을 짓눌러 버렸다

미학(美學)의 진실

꽃이 예쁜 건
황홀해서 어쩔 줄 모르는 건
아
감탄을 부르는 건

화장하지 않은
깨끗한 민낯이
순수하고 풋풋해서이다

단장하지 않은
애써 꾸미지 않은

생긴 그대로
맑고 자연스런 모습

우리도 그랬으면 좋겠다

그대 마음의 소리

박혜선 시집

발 행 처 · 도서출판 청어
발 행 인 · 이영철
영   업 · 이동호
홍   보 · 이용희
기   획 · 천성래
편   집 · 방세화
디 자 인 · 이해니 | 이수빈
제작이사 · 공병한
인   쇄 · 두리터

등   록 · 1999년 5월 3일
(제1999-000063호)

1판 1쇄 인쇄 · 2019년 7월 1일
1판 1쇄 발행 · 2019년 7월 10일

주소 · 서울특별시 서초구 남부순환로 364길 8-15 동일빌딩 2층
대표전화 · 02-586-0477
팩시밀리 · 0303-0942-0478

홈페이지 · www.chungeobook.com
E-mail · ppi20@hanmail.net
ISBN · 979-11-5860-670-1(03810)

이 도서의 국립중앙도서관 출판시도서목록(CIP)은 서지정보유통지원시스템 홈페이지
(http://seoji.nl.go.kr)와 국가자료공동목록시스템(http://www.nl.go.kr/kolisnet)
에서 이용하실 수 있습니다.(CIP제어번호: CIP2019025243)